にげだした ぼうし

野本淳一・作　渡辺三郎・絵

小峰書店

にげだした ぼうし

ヨウくんは、　おかあさんと　おかいものに　でかけるところです。
「ぼうしを　かぶりなさい」。
げんかんさきで、　おかあさんが、　ヨウくんに　ぼうしを
わたそうと　しました。
「ぼうしを　かぶるのは　いやだよ」。
ヨウくんは、　てを　うしろに　かくし、　いやいやと　くびを
ふりました。
その　ぼうしは、　まるい　つばのある　みずいろの　ぼうしで、
ひらひらの　リボンが　ついています。　おまけに、　あごに　かける
ゴムひもも　ついています。
ヨウくんは、　この　ぼうしが　だいきらいです。　あごに　かけた

ゴムひもが、のどの　ところで　むずむずするのが、とくに
いやでした。
「どうして　いやなの。ヨウくんみたいな　ちいさいこが
かぶると、とっても　かわいく　みえるのよ。」
「ぼく、ちいさくないよ。かわいく　みえなくても　いい。こんな
あかちゃんみたいな　ぼうしは、ぜったいに　かぶらないよ。」
ヨウくんは、せいいっぱいに　せのびを　しながら　いいました。
「ぼうしを　かぶらない　こは、おかいものに
つれていきませんよ。」
おかあさんは、ヨウくんの　あたまに　ぼうしを　のせると、
ぽんぽんと、てっぺんを　たたきました。

「ほら、よく　にあうわよ。」
おかあさんは、かってに
うなずいています。
「こんな　ぼうし、
いらないよ。」
ヨウくんは、ぼうしを
むしりとると、ぽーんと
なげすてました。
「まあっ。」
おかあさんは、めを
ぱちくりさせました。

ヨウくんが、いままで、こんなことを　したことが　なかったので、びっくりしたのです。

「こんな　おひさまが　ぎらぎらの　ひに、ぼうしを　かぶらない　こは、おかいものには　つれていきません。ひとりで　おとなしく　おるすばんを　していなさい。」

おかあさんは、こわい　かおで、ヨウくんを　にらむと、さっさと　でかけてしまいました。

ヨウくんは、ぼうしを　かぶって　ついていこうかとも　おもいましたが、どうしても　ぼうしは　いやでした。

「こいつを　かぶるよりは、おるすばんのほうが　いいや。」

ヨウくんは、つよがりを　いいました。

でも、ちょっぴり　くやしい。きょうは、デパートで、ふねの
プラモデルを　かって　もらう　はずだったのです。
「プラモデル、かってきてくれるかなあ。おかあさんを
おこらせてしまったから、たぶん、だめだろうな。」
ヨウくんは、ころがっている　ぼうしを、うらめしそうに
みつめました。

「こいつが　わるいんだぞ。」
ヨウくんは、ぼうしを　ふんづけようと　しました。
ぺたんと、おもいっきり　あしを　ふみおろすと、
「あれえっ。」

ぼうしが、すいーっと　うごいたのです。

「こいつ。」

もういちど　ふんづけようと　しました。

ところが、また　しっぱい。

ぼうしは、すいーっと　にげたのです。そして、ぴょこ　ぴょこ　とびはねるように、にわのほうへ　ころがっていってしまいました。

「まてえっ。どこに　いくつもりだ。」

ヨウくんは、あわてて　ぼうしを　おいかけました。

ぼうしは、まつや　さるすべりの　きの　あいだを、あっちこっちと　ころがります。ときどき、ふわーっと　とびあがったり、くりん　くりんと　まわったりもします。

ヨウくんが、てを　のばして
つかもうとすると、ぼうしは、
さるすべりの　きの　うえを
とびこえて、かだんのほうへ
いってしまいました。
　ぼうしが、ぽんと、
ひまわりの　はなの　うえに、
とびのりました。
――ここまで　おいで。
　ぼうしを　かぶった
ひまわりが、ヨウくんを

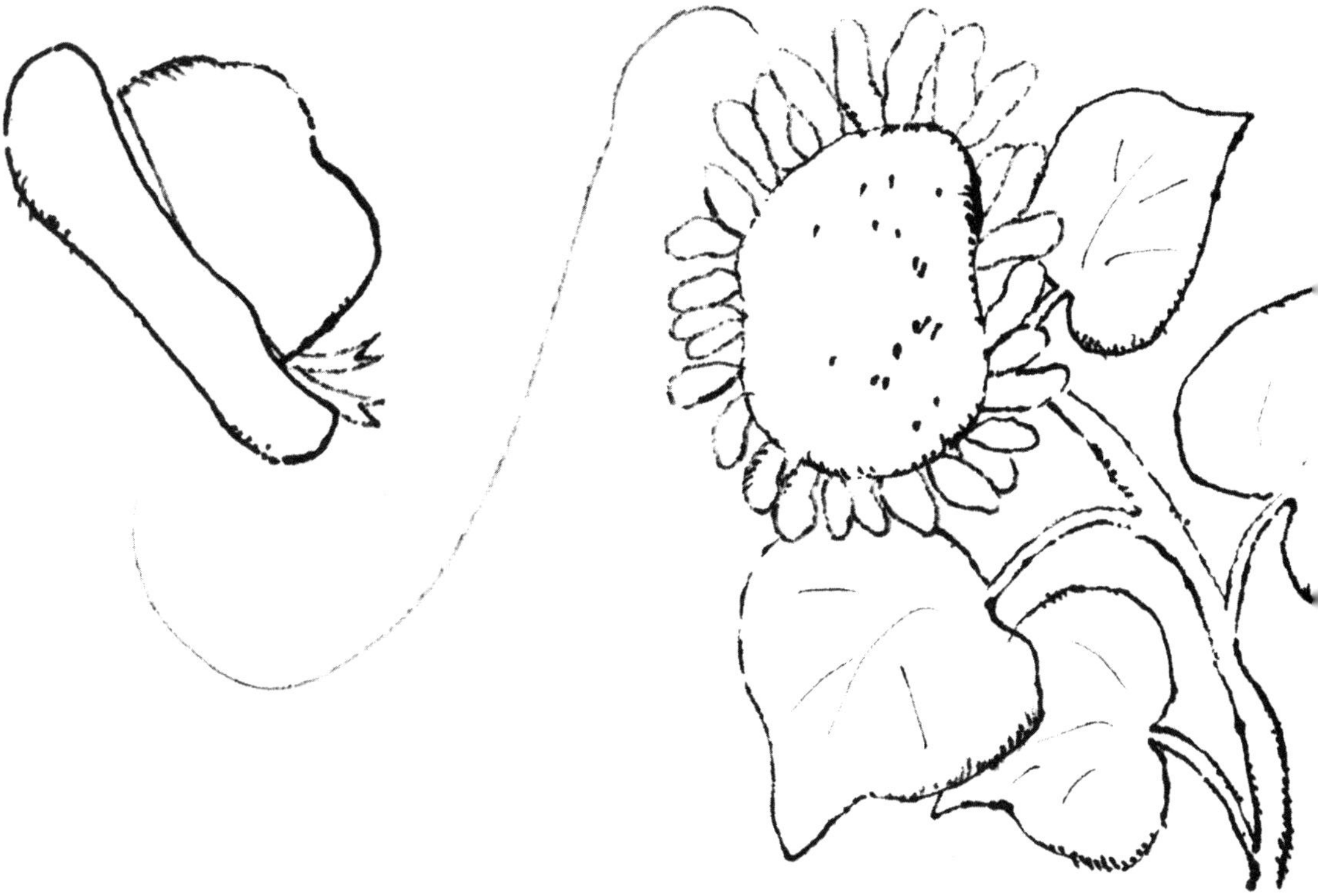

ばかにするように、
ゆらん　ゆらんと　ゆれました。
「えいっ。」
かけごえを　かけて、
ヨウくんは、とびつきました。
ばさっと、ひまわりが
たおれ、ぼうしは　ダリアの
はなの　したに、とんでいって
しまいました。ヨウくんは、
かだんの　つちの　なかに、
かおを　つっこんで

しまいました。
「なまいきな　ぼうしめ。」
どんなに　きらいな　ぼうしでも、
ぼうしに　ばかにされるのは、
はらがたちます。
「こんどこそ　つかまえてやるぞ。」
ヨウくんは、むちゅうになって、
ぼうしを　おいかけました。
ひゃくにちそうを　ふんづけ、
あさがおの　はちを　ひっくりかえして、
ヨウくんは　かけまわりました。

あせ　びっしょりです。
——ヨウくんになんか
つかまらないよ。ここまで　おいで。
ぼうしは、カンナの　はなの
うえに　とまり、ぴょこん
ぴょこんと　とびはねると、
また、むこうへ　とんでいきました。
「かならず　つかまえるぞ。」
ヨウくんは、いきをきらして
おいかけました。
ぼうしは、えんがわの　したの

コンクリートの　どだいの　ところで、ぴたりと　とまりました。

「やい、もう　にげられないぞ。」

ヨウくんは、かがんで　ぼうしを　つかもうと　しました。

「ありゃあ。」

ぼうしが、どだいに　あいている、しかくい　あなの　まえで、また、くりんと　まわったのです。あなには　かなあみがはってあります。そこへ　ぼうしが　こつんと　ぶつかりました。するど、かなあみが　はずれて、ぼうしが　えんのしたに
はいって　しまいました。

「どうなっているんだろう。」

ヨウくんは、はらばいになって、あなのなかに　くびを

つっこみました。なかは
くらくて、よくみえません。
でも、おくのほうで、なにか
うごくものが　あるのが
わかりました。
「あれが　ぼくの　ぼうしかな。」
ヨウくんは、もっと　よく
たしかめようと、くびを
のばしました。とたんに、
するんと、からだが　あなを
くぐりぬけて　しまいました。

えんのしたは、ひんやりしています。あせも　ひっこんで　しまいました。ヨウくんは、すこし　こわかったけれど、ゆうきを　だして、おくのほうへ　はっていきました。はしらに　あたまを　ぶつけないように、そろり　そろりと、ようじんしながら　すすみました。

「はいはいなんかして、おかしいな。あかちゃんじゃないんだから、たって　あるけば　いいのに。」

とつぜん、くらやみの　なかで　こえが　しました。ざらざらした　へんな　こえでした。

「えっ？」

ヨウくんは　どきんと　しました。それでも、こわいのを
がまんして、ざらざらごえに　むかって、いいかえしました。
「えんのしたただもの、あたまが　つかえて、たちあがることなんか
できないよ。」
「だいじょうぶだと　おもうよ。」
くらやみの　なかの　こえが　いいました。
ヨウくんは、そうっと　たってみました。あたまの　うえには、
はしらも　ゆかいたも　ありません。うでを　のばして
ぐるぐるっと　まわしてみました。
「ほんとだ、ぶつからないや。おかしいな。ここは　どこだろう。」
そのとき、あたりが、ぱあっと　あかるくなりました。

ヨウくんは、たくさんの　きの　なかに　たっていました。
みあげると、わさわさと　しげった　きのはの　あいだから、
きらきらと　おひさまの　ひかりが　ふりそそいでいます。

そこは　もりでした。

そして、ヨウくんの　めのまえには、ライオンが　いました。

ライオンは、たおれた　おおきな　きに、こしかけていました。

ざらざらの　こえは、この　ライオンだったのです。

「いらっしゃい。でも、なにしにきたの。」

ライオンが、やっぱり　ざらざらごえで　ききました。

「ぼくの　みずいろの　ぼうしを、おいかけてきたんだよ。」

「はっはっは。ぼうしに　にげられたのか、おかしいね。」

ライオンは、ヨウくんを　ばかにして　わらいました。

ヨウくんは、くやしかったけど、がまんしました。こころのなかで、「ぜったいに、ぼうしを　つかまえて、ぐしゃっとふみつぶしてやるぞ。」と　おもいました。
「ぼくの　ぼうしを
みなかったかい。」
ヨウくんは、ききました。

「さっき、……そうだ　じかんは　せいかくにと……」。
ライオンは　うしろの　きに　かけてある、おおきな　とけいを
みました。
「うん、十五《じゅうご》ふんまえの　ことだ。ちょうど、二《に》じに、みずいろの
ぼうしが、もりの　おくのほうへ　ころがっていった」。
ヨウくんも、とけいを　みました。
とけいの　はりは、ちょうど　二《に》じを　さしています。
「いまが　二《に》じなら、十五《じゅうご》ふんまえは、一《いち》じ四十五《よんじゅうご》ふんだろう」。
「ほう、そうだった。さっきが　二《に》じなら、いまは
二《に》じ十五《じゅうご》ふんだ」。
そういうと、ライオンは、とけいの　はりを　二《に》じ十五《じゅうご》ふんに

なおしました。

「ほら、ちゃんと　じかんは　あっている。この　とけいは、せいかくなのさ。」

ライオンは、すまして　ひげを　ひこん　ひこん　させました。

「なあんだ、はりを　てで　うごかす、いんちきな　とけいじゃないか。」

ヨウくんは、あきれてしまいました。

ライオンは、ヨウくんに　いんちきだと　いわれて、きぶんを　わるくしたようです。

「この　とけいは、せいかくなのだ。せいかくだ。」

ふくれっつらをした　ライオンは、くちの　なかで　ぶつぶついっています。
ヨウくんは、こんな　ライオンには　かまわず、ぼうしを
さがしに　いくことにしました。

くさを　かきわけながら、ほそい　みちを　あるいていくと、
しげみの　かげから、サルが　とびだしてきました。
くるまの　ついた　しかくい　はこを　がらがらと
ひっぱっています。
「へーい、もりの　タクシーです。おはやく　おのりください。」
「これが　タクシーなの。ただの　はこじゃないか。こんなのには
のりたくないよ。」

ヨウくんが、サルの　わきを
とおりぬけようとすると、サルは、りょうてを
ひろげて、とうせんぼを　しました。
「すてきな　タクシーです。
ちょうとっきゅうで　まいります」
サルは、ヨウくんを　むりやり　はこに
おしこめました。そして、すごい
いきおいで　はしりだしました。
がたがた　ゆれる　はこの　なかで、

ヨウくんが　さけびました。
「ぼくは、ぼうしを　さがしているんだよ。」
「へーい、わかっていますよ。
まかせてください。」
サルは、ふりむきもせずに　こたえました。
ヨウくんの　のった　はこは、きや　いわに
ぶつかりそうに　なりながら、めちゃくちゃに
はしりつづけます。くさや　きのえだが
ぴしぴし　かおに　あたります。

「おい、とめろ。
どこへ　いくつもりだ。」
どんなに　さけんでも、サルは
しらんぷりで　はしります。
もう、まわりの　けしき　なんか
みていられません。
ただ、はこから
ほうりだされないように、
ヨウくんは、ひっしに
つかまっているだけでした。
がたんっ。

はこが　きゅうていしゃ
しました。ヨウくんは、はこから
ころげおちて　しまいました。
「はい、つきました。どうです。
すごく　きもちの　いい
タクシーでしょう。
また、ごりようください。」
こういうと、サルは、がらがらと　からの　はこを　ひいて、
さっさと　もどっていって　しまいました。
「へんな　タクシー。それにしても、ここは　どこかな。」
ヨウくんは、あたりを　きょろ　きょろ　みまわしました。

ヨウくんの　めのまえに、ぽっくりした　つちの　やまが
ありました。その　むこうがわで、しゃくっ　しゃくっと、
おとが　しています。

ヨウくんは、つちの　やまを　のりこえて、のぞいてみました。

おおきな　あなが　ありました。そこのほうで、なにか　もぞもぞ
うごいています。

「おーい、ぼくの　ぼうしを　しらないか。」

ヨウくんが、こえを　かけると、ちいさい　めを　しょぼしょぼ
させて、モグラが　はいでてきました。

「いそがしい　いそがしい。もうすこしで　きんが　でるんだ。」

「きん？　こんなところに、きんが　でるの。」

「でるか　でないか、ほってみなけりゃ　わからない。」

モグラは、まぶしそうに、ちいさな　めを　もっと　ちいさくして　いいました。

「きんなんか　ほって、どうするの。」

「わしは　としよりで　はが　わるい。だから　きんの　はを　つくるんだ。」

モグラは、はの　ない　くちを　あけてみせました。

「ふうん。いればを　つくるのか。」

「そうさ。きんぴかの　りっぱな　はを　つくるのだ。きんが　あまったら、きみにも　つくって　あげよう。」

「ぼくは、まいにち　ちゃんと　はを　みがいているから、だいじょうぶ。いればなんて、いらないよ。でも、いつ　きんがでるの？」

「たぶん　もうすぐさ。でも、ほってみなけりゃ　わからない。ああ　いそがしい。」

モグラは、また、あなに　もどってしまいました。

「ぼくの　ぼうしを　みなかった？　まるい　つばのあるぼうしだよ。」

ヨウくんは、あなに　むかって、さけびました。

そこのほうから、ぼそぼそっと、こえが　かえってきました。

「さっき、まうえを　UFO《ユーフォー》みたいに　とんでいったよ。」

「どっちへ　いったの？」
ヨウくんが　きいても、モグラは　もう　なにも
こたえませんでした。かわりに、つちの　かたまりが　ぽーんと
とんできただけでした。
ヨウくんは、あきらめて　さきへ　すすむことにしました。

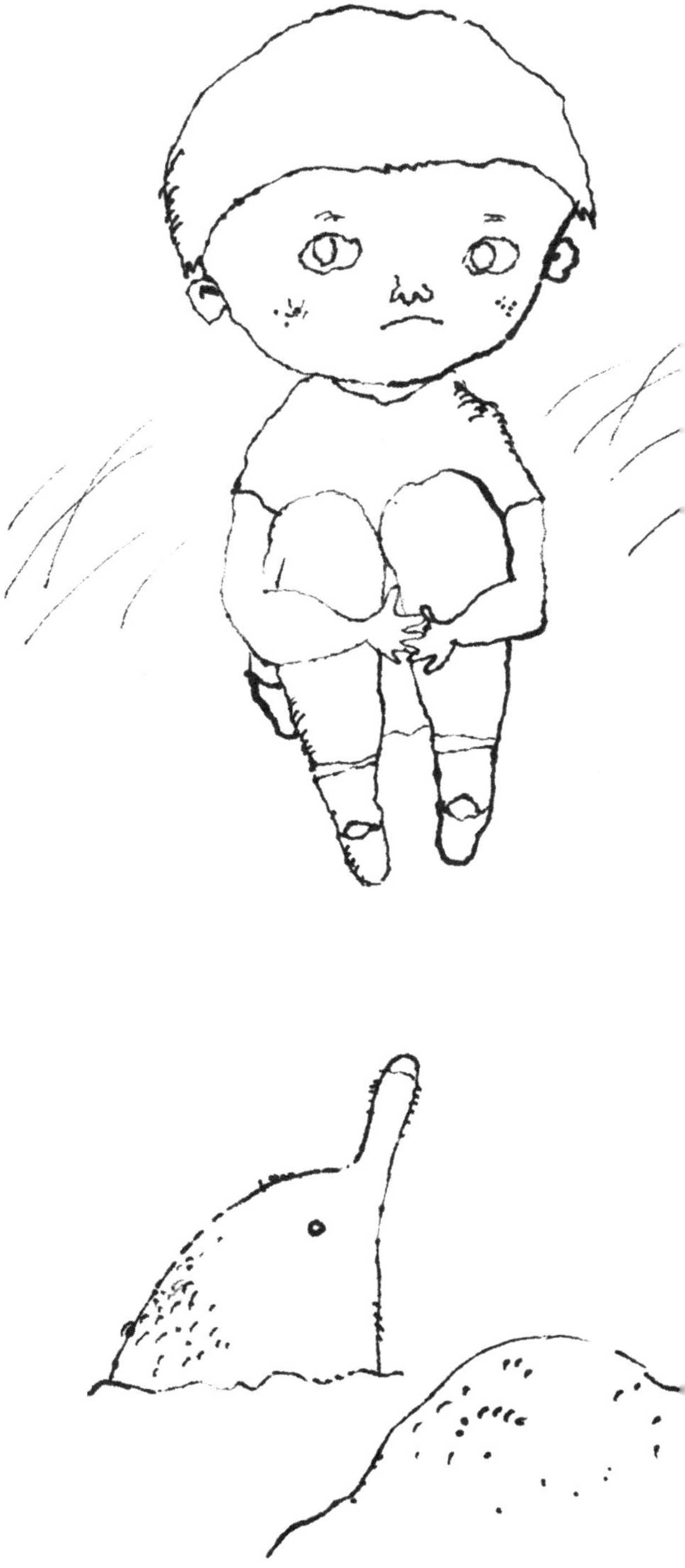

やがて、ヨウくんは、もりの　おくまで　やってきました。
あたりは、かぜもなく、きみがわるいほど　しいんと
しずまりかえっています。

ヨウくんは、すこし　こころぼそくなりました。つかれたし、おなかも　すいてきました。ぼうしを　さがすのは　やめて、かえろうかとも　おもいました。

でも、ここで　やめるのは　くやしいことです。どうしても、ぼうしを　つかまえたかったのです。

「にくらしい　ぼうしを　つかまえて、ぐしゃっと　ふんづけてやるんだ。」

そうきめると、ヨウくんは　また　くさを　かきわけ　たおれたきを　のりこえて、あるきつづけました。

「ぼくの　ぼうし、どこいった。」

ヨウくんが　おおきな　こえで　さけぶと、わさわさ　はの

しげった　たかい　きの　うえから　ねむそうな　こえが
ふってきました。
「さわがしいな。だれだね。ひるねの　じゃまをするのは。」
そのこえは、ミミズクでした。

ミミズクは、てっぺんの　えだに　とまって、じっと
うごかずに、ヨウくんを　みおろしています。
「ぼくの　ぼうし、みなかった？　ひらひらの　リボンの　ついた
ぼうしだよ。」
「ぼうしかい。みたよ。だけど、きみは、あの　ぼうしが
きらいなのだろう。そんな　ぼうしなら　なくなっても
かまわないじゃないかね。」
「ぼうしは　きらいでも、あれは　ぼくのものだから
なくしたくないよ。」
「ほっほ。きみは　けちんぼうだな。」
ミミズクは、じれったくなるくらい　ゆっくりと　いいました。

「ぼくは、けちんぼうじゃない。でも、ぼうしに
にげられたりしたら、はずかしいから、おいかけているんだ。」
「ほっほ。そうかい。ぼうしは、さっき、カバが
ひろっていったなあ。」
「どこへ　いけば　カバに　あえるの？」
「カバは、かわに　いるだろうなあ。」
あくびをしながら　ねむそうな　こえで、ミミズクが
こたえました。そして、ほんとに　いねむりを　はじめたようです。

ヨウくんは　かわを　さがすことに　しました。
しばらく　あるいていくと、ぷちゃん　ぷちゃんと　みずおとが

きこえてきました。
さらに、くさを　かきわけて　すすむと、おおきな　かわに
でました。
ゆったり　ゆったりと　ながれる　みずの　なかで、ちっちゃな
カバが　あそんでいました。あたまの　うえには、ヨウくんの
みずいろの　ぼうしが　のっています。
「おーい、その　ぼうしは　ぼくのだぞ。」
ヨウくんが　さけぶと、ちっちゃな　カバは　ふしぎそうな
かおをして、ふりむきました。それから、むきを　かえると、
ゆっくりと　ちかづいてきました。
ちっちゃな　カバは、ヨウくんの　まえまでくると、がばっと

みずを　はじかせて、きしに　あがってきました。
「この　ぼうしは、わたしが　みつけたのよ。よく
にあうでしょう。」
「それ、ぼくの　ぼうしだよ。かえしておくれよ。」
「わたし、まえから、こんな　ぼうしが　ほしかったの。それを
やっと　みつけたのに、かえせなんて　いじわるね。」
ちっちゃな　カバは、そういって、ヨウくんを　みつめました。
ちいさな　めには　なみだが　いっぱい　たまって、いまにも
こぼれおちそうでした。
そんな　めで　みつめられると、ヨウくんは　ぼうしを
とりかえすのが　きのどくに　なりました。

もともと　かぶるのが　いやで、　ほうりなげた　ぼうしです。
ぐしゃっと　ふんづけようとした　ぼうしです。
「ぼうし、　きみに　あげるよ。　きみに　よく　にあうからね。」
ヨウくんは、　ここまで　いっしょうけんめいに　おいかけて
きたのですから、　すこしは　おしいきもちも　しましたが、
ぼうしを、　ちっちゃな　カバに　あげることに　しました。
「ありがとう。」
ちっちゃな　カバは、　うれしそうに　ぼうしから　はみだした
ちいさな　みみを、　ぷるるん　ぷるるんと　うごかしました。
そして、　また　みずに　もどると、　すーいと、　およいでいって
しまいました。

ちっちゃな　カバの　からだは、
みずにかくれて、ぼうしだけが
まるで　ふねのように、みずの
うえを　すべって　いきました。
ヨウくんも、とっても
うれしい　きもちに　なりました。

「さあ、ぼくも　かえろう。」
ヨウくんは、さっき　とおってきたみちを、もどっていきました。
たかい　きの　うえでは、ミミズクが、いねむりをしていました。
こえを　かけても、めを　さましませんでした。
あなの　そこでは、モグラが　しゃくっ　しゃくっと、つちを　ほっていました。こえを　かけても、しらんぷりでした。
サルの　すがたは、みえませんでした。ただ、しかくい　はこの　タクシーが　ほうりだしてあるだけでした。こえを　かけても、でてきませんでした。
ライオンは、ヨウくんを　みると、あわてて　とけいの　はりをうごかしました。

「ちょうど　四《よ》じ。ほらね、この　とけいは、せいかくなのだ。せいかくだ。」

ライオンは、とくいそうに　ひげを　ひこん　ひこん　させました。

そのときです。

「ヨウくん、ヨウくん。」

とおくのほうで、ヨウくんを　よぶ　こえが　しました。

よびごえは、だんだん　ちかづいてくるようです。

「ヨウくん、どこに　いるの？」

すぐちかくで、おおきな　こえが　しました。

「あっ、おかあさんだ。
おかいものから
かえってきたんだ。」
ヨウくんは　こえの
するほうへ　かけだしました。
そのとたん、ヨウくんは
ごちいんと、おでこを
いきおいよく　なにかに
ぶつけて　しまいました。
「いたいっ。」
ヨウくんは、おもわず

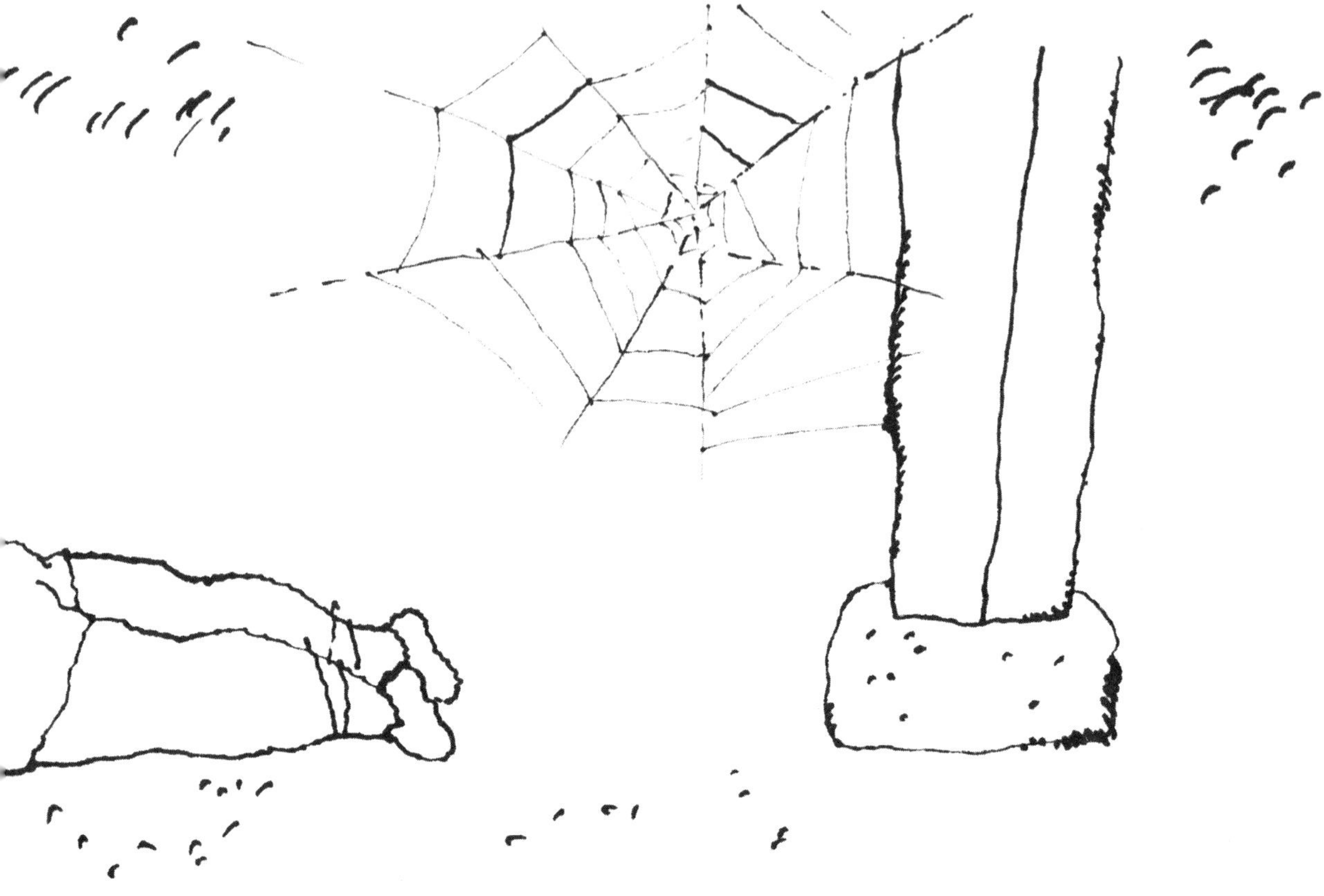

めを　つぶって、いたさを
こらえました。あたまが
くらくらして　なみだがでました。

やっと、めを　あけた
ヨウくんは、じぶんが、くらい
えんのしたに　いることに
きがつきました。
　ヨウくんは　えんのしたの
はしらに　おでこを
ぶつけたのでした。

「ヨウくん、どこに　いるの。かくれてないで　でてきなさい。」

また、おかあさんが　よんでいます。

「ここだよ。いま　いくよ。」

へんじを　すると、ヨウくんは、どだいの　あなを　くぐりぬけ、えんのしたから、もぞもぞと　はいだしました。

「まあっ。」

おかあさんは、へんな　ところから、ヨウくんが　でてきたので、びっくりしました。くちを　ぽかあんと　あけて、ヨウくんをみおろしています。

「そんなところで、なにを　していたの？」

「ぼうしを　おいかけて　いったんだよ。」

ヨウくんは　ふくの　どろを　はらいおとしながら
こたえました。
「それで、ぼうしは　どうしたの。」
「カバに　あげちゃったんだ。だから、ぼうしは　ないよ。」
ヨウくんは　いいました。
おかあさんは　うたがわしそうに、ちらっと、よこめで
ヨウくんを　にらみました。
「うそでしょう。ぼうしを　かぶりたくないので、えんのしたに
かくしたのでしょう。」
「ちがうよ。ぼうしは　ぼくが　かぶるよりも、ずっと
よくにあう　ちっちゃな　カバに　あげたんだ。ほんとだよ。」

ヨウくんは、
にげだした　ぼうしを
おいかけて、
もりへ　いったことを、
むちゅうで、おかあさんに
はなして　きかせました。
　はなしを　ききおえた
おかあさんは、ヨウくんが
ぼうしを　おいかけて、
えんのしたに　はいったことを
わかってくれました。

「ふふふ。やっぱり　ぼうしは、カバが　かぶっているのかもしれないわね。」

おかあさんは、にっこり　わらって　いいました。

「そうだよ。こんど、ぼくと　いっしょに　あの　もりの　かわへいってみようよ。きっと、ぼうしを　かぶった　ちっちゃなカバに　あえるから。」

ヨウくんは、いきおいこんで　いいました。

でも、おかあさんは、くびを　すくめて、ふふふと、わらった　だけでした。

作家・野本淳一（のもと　じゅんいち）

1942年、茨城県に生まれる。早稲田大学卒業。おもな著書に、『ドラムカン作戦』『ごんたとべえのでんぐりがえし』『つぶつぶさんはまほうつかい』『4ばんめのえきはくまごろうえき』（以上、小峰書店）。『短針だけの時計』（国土社）で第10回新美南吉児童文学賞を受賞。

画家・渡辺三郎（わたなべ　さぶろう）

1913年、福島県に生まれる。'57年第6回小学館絵画賞『くもさん』（チャイルドブック）を受賞。筒井敬介・作『おつかいたっちゃん』（あかね書房）、『コルプス先生とこたつねこ』（講談社）、「ぶうたれねこ」シリーズ（理論社）等があり、子どもも大人も、その詩情溢れる絵に魅かれる。近作に、山下明生・作『いいゆめを』（ポプラ社）がある。

にげだしたぼうし　はじめてよむどうわ

2009年8月14日　新装版第1刷発行

作家・**野本淳一**　画家・**渡辺三郎**　装丁・**木下容美子**　発行者・**小峰紀雄**

発行所・**㈱小峰書店**　〒162-0066 東京都新宿区市谷台町4-15　電話 03-3357-3521

本文組版／㈱タイプアンドたいぽ　印刷／㈱三秀舎　製本／小髙製本工業㈱

NDC913　55p.　25 cm　ISBN978-4-338-24704-7

http://www.komineshoten.co.jp/